Copyright 2012
Herstellung und Verlag:
BoD - Books on Demand, Norderstedt
ISBN 978-3-8448-0792-9

Ilona Waldera

KLEINE KRIMI-NASCHEREIEN

Inhalt

ALLES NUR THEATER

„Muss das sein, dass du schon wieder weggehst?" Er sah ihr mit einer Mischung aus Ärger und Enttäuschung zu, wie sie in den kurzen Lackmantel schlüpfte und den Gürtel fest zuzurrte. Das betonte ihre Taille. Sie hatte eine tolle Figur. Sie war überhaupt eine tolle Frau, fand er. Und er war noch genau so verliebt in sie wie an dem Tag vor fünf Jahren, als er sie vom Fräulein Blaschke zur Frau Mayer gemacht hatte. Mayer mit >Y<, darauf legte sie großen Wert. Weil es ein kleines Bisschen weniger spießig klang als Meier mit >E-I<. Helmut schmunzelte bei diesem Gedanken und bei der Vorstellung, dass seine Karin tatsächlich davon träumte, Schauspielerin zu werden.

In der einen Hand die Lackledertasche, in der anderen den Türgriff, drehte sie sich ihm noch einmal zu. „Wir haben heute eine Sprechprobe. Da werden die Rollen vergeben. Kann spät werden, warte nicht auf mich. Tschau!"
Damit ließ sie ihn allein. Wie schon oft in den letzten Wochen. Seit sie sich der Amateur-Theatergruppe angeschlossen hatte, hatte ihr Leben eine neue Perspektive gewonnen. Karin war aus ihrer Lethargie erwacht. Karin wusste

8

jetzt, was sie wollte: FREIHEIT! Zeit, um Rollentexte auswendig zu lernen. Zeit, um in angesagten Kneipen zu sitzen so lang wie sie wollte. Zeit, um mit Robert ins Bett zu gehen so oft wie sie wollte. Vor allem das.

Robert war der Regisseur ihrer Gruppe. Der einzige Profi unter ihnen. Arm wie eine Kirchenmaus, aber mit Vorzügen ausgestattet, die einem normalen Spießerehemann eben fehlten: einem Gang wie ein Panther, einer Arroganz gegenüber allem Bürgerlichen, einer provozierenden Lässigkeit und einem beachtlichen Know-How in Liebesdingen. Eben ein echter Künstler in Karins Augen. Und das totale Gegenteil von ihrem Helmut.
Helmut dem Oberspießer. Mit wöchentlichem Wasch- und Erotikzwang. Immer Freitagabends. Erst das Bad, dann das eheliche Bettchen. Und am Samstagmorgen war das Auto dran. E-kel-haft. Karin wunderte sich, dass sie es überhaupt bis heute mit ihm ausgehalten hatte.

Aber nicht mehr lange. Dann war Schluss mit Helmut. Was bleiben würde, wäre ein schickes schwarzes Trauerkleid für sie, mit süßem kleinen Schleierhut dazu. Und, natürlich, ihre Freiheit.

„Hallo, Karin!" Der dickliche junge Mann sprang erfreut vom Stuhl auf und ging ihr entgegen, um ihr den Mantel abzunehmen. Dabei wäre er viel lieber gerannt. Gerannt, um sie schnell in seine Arme zu schließen. Was allerdings nicht drin war. N o c h nicht drin. Karin Mayer war verheiratet und damit tabu für einen angehenden Polizeibeamten. Obwohl ihr Mann, dieser Helmut, ein richtiges Monster war. Karin, dieses sanfte Geschöpf mit den veilchenblauen Augen, hatte ihm in der vergangenen Zeit ich Herz ausgeschüttet. Hatte ihm genau erzählt, wie der Kerl, der sich ihr Ehemann nannte, sie psychisch fertigmachte. Wie er sie beschimpfte und bedrohte, und wie er sie in der Wohnung als seine Gefangene hielt.

Guntram hatte ihr spontan seine Hilfe angeboten. Doch sie hatte nur die blonden Locken geschüttelt, auf ihre sanfte, traurige Art. „Vielleicht", hatte sie geflüstert, „vielleicht bist du einfach nur da, wenn ich dich brauche. In meiner Nähe, falls ….." Hier stockte ihre Stimme. Er merkte, dass sie erst Luft holen musste, um weiterreden zu können:

„…..falls er gewalttätig wird, wenn ich ihm sage, dass ich mich scheiden lasse."

„Wann? Sag mir einfach, wann ich da sein soll. Ich werde vor dem Haus stehen. Wenn es sein muss, 24 Stunden lang. Ich werde eure Fenster nicht aus den Augen lassen. Keine Sekunde. Verlass dich auf mich, Karin." >Liebes< wollte er noch hinzufügen. Doch dafür war es noch zu früh. N o c h .

Alles lief wunderbar. Der Idiot stand da unten, hinter den Mülltonnen, und starrte hoch zum Fenster im dritten Stock. Braver Guntram. Ein Augenzeuge, dessen Aussage so solide und unumstößlich war wie der Fels von Gibralta. Die Gardinen hatte sie schon morgens abgenommen, um sie zu waschen. Helmut, der Gute, hatte ihr noch dabei geholfen. Die Lampen waren alle angeknipst. Der Briefbeschwerer lag auf dem Nachttisch. Die Show konnte beginnen.

„Das ist nett von dir, dass du mit mir proben willst. Bist eben doch der beste Ehemann von allen." Karin schenkte ihm ein reizendes Lächeln , denn ihre Mimik konnte der da unten nicht sehen. Hören konnte er auch nichts. Was zählte, das waren die Gesten. Die musste überzeugend wirken. Deshalb hob sie

11

abwehrend die Hand vors Gesicht, als Helmut sich ihr näherte, um sie zu küssen. „Nicht, Schatzi, ich habe was mit Knoblauch gegessen", gab sie kichernd als Erklärung ab. Immer noch lächelnd ging sie aufs Bett zu. Er folgte ihr. Langsam, ganz langsam, ließ sie sich auf die Knie nieder, faltete die Hände und fixierte ihn. „Du weißt, was du zu tun hast?"

„Klar weiß ich. Sooo ungebildet bin ich auch nicht. Dieser Othello erwürgt seine Frau. Mit bloßen Händen, etwa auf diese Art …" Die Finger zu Krallen gekrümmt wie Graf Dracula persönlich beugte er sich über sie. Dazu knurrte er: „Hast du auch zur Nacht gebetet, Dorothea?"

Es war zu komisch. Während sie lachte, griff sie nach dem Briefbeschwerer. Ein schweres, spitzes Ding aus Messing, das erfreulich gut in der Hand lag. Jetzt war er direkt über ihr mit seinem glattrasierten Gesicht, dem ordentlichen Haarschnitt und dem Herrenduft, 7, 95 Euro die Flasche, dem Weihnachtsgeschenk seiner lieben Mutter.

„Na los, Helmut, mach schon. Du musst genau so tun, als würdest du zudrücken."

Das war ihre letzte Regie-Anweisung. Dann schlug sie zu. Gleich zwei Mal, vorsichtshalber.

Er sackte zusammen wie ein Soufflé, das zu früh aus dem Ofen gekommen war. Pfffffffffft, die ganze Luft draußen. Sie ließ das blutige Messingding fallen, schrie auf und hastete zum Fenster. Ja, er war hinter den Mülleimern hervorgesprungen und nun auf dem Weg zu Haus, um ihr zu Hilfe zu eilen. Guntram, der junge Polizist, hatte mit eigenen Augen gesehen, wie ihr Mann sie erwürgen wollte und wie sie um ihr Leben gekämpft hatte. Notwehr war's gewesen, reine Notwehr.

Immer mehr Blut sprudelte aus den beiden Kopfwunden, um schließlich in einem trägen dicken Strom in der Velours-Auslegeware zu versickern. Der tote Helmut hatte Augen und Mund weit aufgerissen. Dadurch sah er gleichermaßen erstaunt wie dümmlich aus.

„Desdemona heißt es, nicht Dorothea", belehrte ihn seine hübsche Witwe. Sanft und nachsichtig. „Othello und Desdemona."

AGENTEN SPASSEN NICHT

Ingo hatte nicht zu viel versprochen.
Silvester auf dem Dorf war spitze. Echt. O-ber
-af-fen-geil. Mal was anderes als Gala-Menü
im Steigenberger oder Schickie-Mickie-Fete
bei Hetty. Ganz was anderes. Simone kicherte,
als sie daran dachte, wie sie mit dem Rest der
Clique den GASTHOF ZUM GRÜNEN
BAUM gestürmt hatte. Durch die
Eicherustikalstube durch, hoch in den so
genannten Festsaal. Das war ein lächerlicher
Raum voller lächerlicher Tischreihen vor
lächerlichen Sitzbänken, dekoriert mit
lächerlichem Papierzeugs.

Und erst die Leute!

Die waren das Lächerlichste von allem. Dralle
Dorfschönheiten in engen Stretchminis, Marke
Wurstpelle. Die reiferen Damen mit frischen
Dauerwellen, gebrannt in der Hölle. Ein Kopf
wie der andere. Putzig, einfach putzig.

Simone hatte sich zwischen ihnen gefühlt wie
der Schwan zwischen den hässlichen Entlein;
ganz grazil, ganz erhaben. Eben mit Klasse.
Allein dieses Feeling war die lange Fahrt von
der Stadt aufs Land wert gewesen. Sie hatte es
genossen.

16

Auch die Bewunderung der männlichen Dorfbevölkerung. Gitti und sie hatten die die Blicke auf sich gezogen wie ein Magnet die Büroklammern. Die blonde Gitti im schwarzen Seidensmoking und sie, die Brünette, in einem Smoking weiß wie unberührter Himalajaschnee. Meine Güte, was hatten die gegafft!

Der bierbäuchige Bürgermeister hatte sie aufgefressen mit seinen Blicken, dem Metzger war der Unterkiefer bis zu den Knien runtergeklappt, und die jungen Burschen staunten Bauklötze; die Münder aufgesperrt wie Scheunentore. Dabei war ihr der eine sofort aufgefallen. Der, der diesen dämlichen Ausdruck im roten Gesicht hatte. „Wetten, dass das der Dorftrottel ist?", hatte sie Ingo zugeflüstert. – „Wette gewonnen", kam es prompt zurück. Dann zog Ingo es vor, sich um eines der Mädels zu kümmern, rosig und rund wie ein geschrubbtes Ferkelchen. Na, sollte er doch seinen Spaß haben! Sie würde sich mit diesem Deppen da vergnügen …..

Nachdem sich seine Aufregung und das Stottern gelegt hatten, hatte sie aus ihm herausgebracht, dass er Peter hieß und in der

Schreinerei helfen durfte. Aufkehren und sowas. Doch in seiner Freizeit ging er herum und beobachtete alles. Die Bäume, die Vögel, die Menschen. Eben alles. Weil er so gern Detektiv sein wollte, wie der Jerry Cotton in den rot-schwarzen Heftchen. Oder dieser blonde Amerikaner in Miami. Der, der die tollen Autos fuhr und ein Krokodil als Haustier hielt. Ob sie den kannte? Klar kannte sie den. Simone hatte tief Luft geholt. Weil das die Gelegenheit für den Super-Mega-Joke gewesen war. Ein Späßchen vom Feinsten. Das würde sie sich nicht entgehen lassen. O nein.

Im Auto auf der Heimfahrt hatte sie den Anderen alles erzählt. Haarklein. Mon Dieuchen, was hatten die gegrölt vor Begeisterung. Eins stand fest: Simone war in dieser sagenhaften Silvesternacht die Königin gewesen. „Ihro Majestät der Scherze und der geballten Spionage-Abwehr lebe hoch, hoch, hoch!" Das Gebrüll der Clique klang ihr noch jetzt, Wochen danach, in den Ohren.

Simone kicherte. Sie spulte die Szene in der sie so geglänzt hatte, noch einmal im Kopf ab: Wie sie den Peter wichtigtuerisch und geheimnisvoll beiseite genommen hatte. Wie sie ihm verklickerte, dass sie eine Agentin der

18

Spionage-Abwehr sei, in gefährlicher Mission unterwegs. Weil sie einem Terroristen auf der Spur war, hier, in diesem Dorf. Einem Mann, der nach außen hin ein ganz normales Leben führte, doch in Wirklichkeit der Ausbund des Bösen war, im Dienste feindlicher Mächte und kurz davor, ihr Heimatland zu zerstören. Täglich hielt dieser Spion, Tarnname **Mister Z**, Kontakt mit seinen Auftraggebern, und wenn sie es nicht schafften, ihn auszuschalten, würde bald ein Unglück ungeahnten Ausmaßes (ha, welch Wortwahl!) über sie alle hereinbrechen.

In dieser Art hatte sie auf den idiotischen Peter eingeredet. Mit kurzen aber häufigen Unterbrechungen für Schaumwein, Bowle und Bier. Irgendwann hatte die brünette Dame der Spionage-Abwehr dann mit dem aufmerksamen Bürger Peter Brüderschaft getrunken. Und ihn angeheuert. Als >außerordentliche Agenten-Hilfskraft<. Der junge Mann mit dem roten Gesicht und den dünnen Haaren hatte ihr erzählt, dass er den Spion **Mister Z**. kenne. Er lebte hier als Lehrer und nannte sich Zettler. Kapiert?! **ZZZeeetttler**! Ja, Peter wusste Bescheid. Hatte all die Hefte nicht vergebens gelesen. Jawohl.

Und er war mutig genug, diesen bösen Spion zu beseitigen.

Wie denn? Das hatte Simone, zwischen zwei Gläsern Prickelndem, dann doch wissen wollen.

Mit einem Gewehr. Null Problemo, da käme er leicht ran. Ach so. Alles klar. Immerhin war sie nüchtern genug gewesen, den mutigen Peter zu bremsen. Ganz cool und ganz clever. „Wir hören ihn noch ab, um mehr Informationen rauszukriegen. Du darfst ihn erst am 29. Februar eliminieren. Keinen Tag früher, keinen Tag später."

Das war ihre Order an die >außerordentliche Agenten-Hilfskraft< gewesen. Daraufhin hatte sich die Spionage-Abwehr-Agentin Simone dem Lambadatanz gewidmet.

Dummes, dummes Peterle. Wartete wohl brav auf den 29. Februar, wo doch jedes Kind wusste, dass dieser Monat nur 28 Tage hat. Nur 28. Immer. Es sei denn …

VERDAMMT.

Dieses Jahr war ein Schaltjahr. Mit 29 Tagen im Februar.

Der Idiot würde nicht ernsthaft …? Vielleicht doch. Immerhin war er ja ein Idiot. Sie musste unbedingt den Lehrer, diesen **Zzzz** – wie war doch gleich der Name? – anrufen. Ihn warnen. Vorsichtshalber. Wie blöd aber auch, gerade jetzt, wo sie so viel um die Ohren hatte. Gut. Dann eben Morgen. Gleich morgen früh.

Es war Donnerstag, als ihr der Name endlich wieder eingefallen war. **Zzzeeetttler**. Stand zum Glück im Telefonbuch. Sie laborierte an ein paar Sätzen herum, die die Peinlichkeit der Sache in Grenzen hielten.
Als er abhob begann sie mit ihrer schönsten Fernsehansagerinnenstimme:
„Bitte entschuldigen sie die Störung, Herr Zettler, es ist sicher nicht von Bedeutung, aber ich möchte Sie doch von etwas in Kenntnis setzen, das …"
„Ja?"
„Also, ich habe Silvester in ihrem entzückenden Dorfgasthof verbracht, und .. "
„Und?"
„Weil ich mir im Verlauf der Feier einen kleinen Scherz erlaubt habe, könnten Sie eventuell ..."
„… die Tür öffnen", führte Herr Zettler den Satz gut gelaunt aber unpassend zu Ende. „Muss rasch aufmachen, hat eben geklingelt", fügte er erklärend hinzu.

Simone verfolgte seine Schritte. Vermutlich Parkett. Typisch Lehrer, dachte sie noch, Holzfußboden, Berberteppich und Selbstzusammenbaumöbel. Sie schreckte erst beim vierten, fünften Schuss zusammen. Als sie hörte, wie der leblose Körper aufschlug, stockte ihr der Atem. Es dauerte einige Minuten, bis sie sich aus der Erstarrung lösen und die rote Taste drücken konnte. Dann legte sie

ihr Telefon auf dem Tischkalender ab, unter Donnerstag, 29. Februar.

GUTEN APPETIT, MEIN SCHATZ

„Klausimann, die Pizza ist fertig!"

Die hohe Stimme, die er vor gar nicht so langer Zeit noch als >süß< beschrieben hätte, schreckte ihn auf. Er war nur kurz im Sessel eingenickt, die Zeitschrift in Händen. Jetzt lächelte er seiner Frau zu und erhob sich. Dabei ließ er sich Zeit. Zum einen, weil das vermaledeite Designerstück von Polstermöbel ein rasches, unkompliziertes Aufstehen nicht gestattete. Zum anderen, weil die Erwartung einer weiteren Tiefkühlmahlzeit seinen Magen zusammenschrumpfen ließ. Und nicht einmal das konnte Anette richtig. Sie brachte das Kunststück fertig, den Pizzarand verkohlen zu lassen, während das Innere gerade mal lauwarm war. Aluschalen aufreißen, Pappkartons und Dosen öffnen, daraus bestand Anettes Kochkunst. Kein Wunder, dass er seit ihrer Heirat vor 13 Monaten an Sodbrennen litt. Noch ein Jahr, und er würde sich an ihrem Esstisch Magengeschwüre geholt haben.

Dabei hatte er früher so gern gegessen. Alles, was seine Mutter ihm vorgesetzt hatte. D i e konnte kochen! Ihre Räucheraalsuppe mit Weißwein war ein Knaller. Ihr Gespickter Hecht in Sahnesoße ein Erlebnis. Und ihre Stinte – auf den Punkt goldbraun gebraten – die

24

reinste Offenbarung. Klaus Butt merkte, wie sich ihm nur in Erinnerung an diese Köstlichkeiten eine Pfütze im Mund bildete. Er schluckte sie herunter. Was blieb ihm auch anderes übrig? Nichts.

Selber Schuld, dass er nicht auf dem Ostener Schützenfest, sondern im Internet auf Brautschau gegangen war. Eine Städterin wie Anette hatte eben nichts am Hut mit Gemüseputzen und Fischausnehmen. Genau so wenig wie mit bequemen Sesseln und gehäkelten Gardinen. Darum war das Haus auf dem Deich, das seit Generationen ein Heim der Bucks gewesen war, neuerdings ein Tempel aus Glas und Chrom. Ein Schock für die Spaziergänger, die neugierig durch die kleinen Fenster blickten und auf norddeutsche Idylle eingestellt waren. Dafür ein triumphales Vergnügen für Anettchen. „Da hab ich wieder so´n romantischen Touri-Spießer reingelegt, hihihi…"

Klaus Butt stöhnte leise auf. Nicht leise genug, offensichtlich. Wieder zwitscherte die hohe Stimme ihm ins Ohr: „Da ist immer noch Speck an deinen Hüften, Klausimann!"

Sie giggelte, während sie die brettharte, jämmerlich belegte Scheibe in Stücke schnitt. Ihm blieb nichts anderes übrig, als das Zeug in den Mund zu schieben und möglichst schnell verschwinden zu lassen. Das stille Mineralwasser, das die Mahlzeit krönte, half ihm beim Herunterspülen. Wenigstens das. In seinem Inneren rumorte es. Ein wilder Aufstand , der sich in einem Rülpser entlud. Dies brachte seine modelschlanke Frau erneut zum Giggeln. Klar, ihr Magen war aus Gusseisen.

Die Hand auf den gurgelnden Bauch gepresst, ließ er sich zurück in den Sessel fallen. Er schlug die Zeitschrift wieder auf und blätterte lustlos darin herum Anette hatte sie mitgebracht, weil sie Anregungen für die weitere Ausgestaltung ihres Domizils brauchte. Noch mehr weiße Kissen. Noch größere schwarze Vasen. Noch schrillere Kunstdrucke. Klaus seufzte resigniert. Er begutachtete die Hochglanzabdrucke von Küchenzeilen, die glatt als High-Tech-Labors durchgehen konnten, streifte die Fung-Shui-Beratung, überflog die Rubrik Zimmerpflanzen. Eben befeuchtete er den Finger, um besser blättern zu können, als sein Blick an dem Wort

>hochgiftig< hängen blieb. Klaus Butt ließ den Finger trocknen und vertiefte sich in den botanischen Beitrag, in dem der dekorative so genannte Bleistiftbaum vorgestellt wurde. Interessant fand er die Lektüre. Interessant und ….............. nützlich.

Rechtzeitig zu Anettes Geburtstag hatte er das Geschenk besorgt. Ein Goldkette mit Herzchenanhänger sowie eine prachtvolle Topfpflanze. Sein drahtiges Frauchen war hingerissen. Weil im Herzchenanhänger ein Diamant eingearbeitet war. Und weil das leuchtend grüne Zimmerbäumchen ihr origineller erschien als ein Blumenstrauß. Als sie die Arme um ihn schlang, um sich mit einem Kuss zu bedanken, fiel ihm wieder ein, warum er sie geheiratet hatte. Sie war reizend. Aber mehr nicht. Keine Frau, die einem zur Seite stand. Keine Frau, die einen umsorgte. Weder mit Worten, noch mit Taten. Und schon gar nicht mit warmen Mahlzeiten. Anette war ein Mühlstein, der zärtlich an seinem Hals hing und ihn zu Boden zog. Sie würde ihn mit ihrer Aufwärmküche ins Grab bringen, so viel stand fest. Und mit ihren finanziellen Forderungen, sollte er je den Mut aufbringen, sie zu verlassen.

Doch es gab eine Möglichkeit, sich dieses Mühlsteins zu entledigen. Sie hieß EUPHORBIE und stand auf dem Edelstahltischchen, direkt neben dem Flachbildfernseher. Jeden Tag strahlten die Blätter ihn an. Als wollten sie ihm sagen: Wir können dir helfen, lieber Klaus! Klein gehackt, inmitten von Spinat, bereiten wir all deinen Qualen ein Ende!

Mit einem Mal gelang es ihm wieder, entspannt zu lächeln. Sogar, wenn er die rote Nudelmatsche, die laut Verpackungsangabe eine delikate original italienische Lasagne war, herunterwürgte. Weil er die Verursacherin dieser Folter jederzeit beseitigen konnte. Er brauchte nur den richtigen Zeitpunkt zu wählen. – Vielleicht nach dem gemeinsamen Urlaub? Ja, die zwei Wochen unter südlicher Sonne wollte er sich und Anette noch schenken. Das wäre, so entschied er zufrieden, ein schöner Abschluss seiner Ehe.

Anette summte leise vor sich hin, während sie die Urlaubsfotos ins Album steckte. Prallbunte Bilder von Olivenbäumen, blauem Meer und Kanarienvögeln hinter fotografischen Ansammlungen von Kopfweiden, einer schlammbraunen Oste, Krähen und Möwen. Typische Niederelbelandschaft eben. Windschiefes Gehölz, träger Fluss und fette Vögel. Igitt. Sie hatte es dennoch auf sich genommen, hier zu leben. Wegen Klausimann. Die Tage und besonders die Nächte unter griechischem Himmel hatten ihr bestätigt, dass ihre Entscheidung richtig gewesen war. Sie war eine glückliche Frau in einer glücklichen Ehe. Anette summte lauter. Heute brauchte sie nichts zu kochen. Gleich würde ihr Mann nach Hause kommen und für sie beide etwas Besonderes brutzeln. Filet auf Spinatbett, oder so ähnlich. Das, nebst einer Flasche Apelia, sollte der Heimkehr nach diesen herrlichen zwei Wochen eine festliche Note geben.

Er war solch ein Schatz, ihr Klaus.
Ob sie nicht auch etwas zum kleinen Festmahl beitragen sollte? Ein Dessert, etwa? Das war schnell gemacht, diesen kleinen Pulvertütchen sei Dank. In Milch einrühren, fertig. Sah

allerdings ziemlich fade aus. Im Kühlschrank fanden sich noch ein paar Erdbeeren. Die zerhackte sie rasch und streute sie über die gelbe Schaummasse. Machte gleich mehr her. Fehlte nur noch ein grüner Farbtupfer, dann wäre die Sache perfekt. Anette inspizierte erneut den Kühlschrank. Weit und breit nichts Grünes. Mist, auch kein Spinat da. Den wollte Klaus frisch vom Gemüsehändler mitbringen.

Ärgerlich, wirklich ärgerlich.
Sie brauchte doch nur ein Blättchen.

Anettes Blick fiel auf die Grünpflanze neben dem Fernseher. Energisch zupfte sie ein mittelgroßes Blatt ab, legte es aufs Küchenbrettchen und schnitt es in Streifen. Na bitte, man musste sich nur zu helfen wissen.
Sie nahm wieder die Melodie auf, die sie vorhin gesummt hatte. „Griiiieeechischer Weeeiiin, ist so wie das Blu-huuut der Eeeerde, schenk noch mal eiiin, dadadiiii-dadadada-deideidei …", sang sie laut, als sie die Dessertschalen zum Tisch trug. Dass die grünen Streifen langsam in der Schaummasse versanken, störte sie nicht weiter. Anette hatte ihr Bestes gegeben.

Das Filet war ein Traum. Trotzdem ließ er es liegen. Den Spinat sowieso. Er goss sich statt dessen noch Rotwein nach und beobachtete seine Frau. Anettchen verputzte alles. Es hätte ihn nicht verwundert, hätte sie wie ein Hündchen den Teller noch sauber geleckt. Dies rührte ihn dermaßen, dass er das Verlangen verspürte, noch einmal richtig nett zu ihr zu sein. Also griff er zur Dessertschale und löffelte aus. Die ganze blassgelbe Pampe mit den undefinierbaren roten und grünen Schnippeln drin.

Ein Studienrat aus Köln entdeckte die Leichen. Seine Begeisterung für technische Baudenkmäler hatte ihn nach Osten geführt. Nach der obligatorischen Fahrt mit der Schwebefähre folgte der obligatorische Deichspaziergang. Und der wissbegierige Blick durch die Scheiben im weiß-blau gestrichenen Haus.

Die Zwei saßen zusammengesackt am festlich gedeckten Tisch. Ihr Kopf war nach vorn gefallen, seiner hing seitlich herab. Das Gift hatte dermaßen schnell gewirkt, dass beide noch ihr Lächeln im Gesicht trugen. Typischer

Doppelselbstmord. Herr und Frau Butt mussten sich wirklich sehr, sehr lieb gehabt haben. Darin waren sich alle ausnahmslos einig.

ALLES WEGEN MAX

Das Leben kann hart sein. Eine Erfahrung, die Thoma Steiner schon als Kind gemacht hatte. Weil Mama und Papa sich jeden zweiten Tag leidenschaftlich stritten. Und sich dann noch leidenschaftlicher wieder versöhnten. Ihr ganzes privates großes Theater, bei dem ein Kind nur störte. Also beeilte er sich, das Elternhaus zu verlassen. Er nahm eine gute Schulbildung mit, einen dicken Scheck und ein paar Psychosen. Den Waschzwang, zum Beispiel. Die Angst vor Bakterien, vor Tieren und vor Verlusten jeglicher Art. Die hatte er am wenigsten im Griff, wie sein Psychotherapeut bei der letzten Sitzung feststellte.

Aber das gehörte der Vergangenheit an. Denn das Leben hatte ihm endlich seine schönen Seiten gezeigt. Er bekam einen Spitzenjob, was ihn selbstbewusster und lockerer machte. Was wiederum bewirkte, dass die Frauen sich von ihm angezogen fühlten. Sie stöckelten und säuselten um ihn herum, dass es die reinste Freude war. Doch nur eine interessierte ihn wirklich: Sabine. Er umwarb sie mit Blumen, mit Gedichten und mit Geduld. „Bitte nicht böse sein", lächelte sie entschuldigend, wenn sie bei ihrer Verabredung wieder mal ihre beste

Freundin Uschi mit ins Kino schleppte. Sollte sie ruhig. Er wusste ja, dass es ein Ende haben würde. Wenn Sabine endlich seine Frau war.

Sie verbrachten die Tagesstunden gemeinsam im Büro, die Abendstunden gemeinsam in der Wohnung. Und wenn sie nachts in seinen Armen einschlief, hielt er sie fest, ganz fest. Es war das Paradies, die nahezu vollkommene Harmonie. Um diese 100%ig vollkommen zu machen, schlug er Sabine vor, ganz zu Hause zu bleiben. Ikebana und Seidenmalerei waren allemal besser als Büroarbeit, fand er.

Die Besuche von Uschi störten ihre Zweisamkeit auch nicht länger. Dafür hatte er gesorgt. Sie war in eine Zweigstelle der Firma versetzt worden. Mit mehr Gehalt, mehr Verantwortung und mit mehr Kilometern Distanz. Da hatte sie kaum noch Gelegenheit, ihre Freundin zu besuchen. Sabine bedauerte das sehr. „Du darfst nicht so egoistisch denken", tadelte er sie. „Außerdem könnt ihr ja immer noch telefonieren."

Das taten die beiden auch. Endlos lange. Sabine hatte oft ein schlechtes Gewissen wegen der hohen Rechnung. Das brauchte seine

Kleine wirklich nicht zu haben. Es war ihm mehr als ein paar hundert Euro wert, mit anhören zu können, was in ihrem hübschen Kopf vorging. Schade nur, dass er nicht immer genug Zeit hatte, den Nebenanschluss für diesen Zweck zu nutzen.

Wirklich schade.

Zumal Sabine neuerdings das Haus verließ, ohne einen triftigen Grund nennen zu können. Da war es nur natürlich, dass er misstrauisch wurde.

Er musste wissen, was genau sie trieb. Zu ihrem eigenen Schutz. Damit ihr gemeinsames Glück erhalten blieb. Dummerweise hatte er im Betrieb eine wichtige Präsentation vorzubereiten. So konnte er nicht jedes ihrer Gespräche komplett mitkriegen. Aber das, was er hörte, gab Aufschluss genug…. Sein kleiner Engel erzählte der Freundin von einem anderen Mann. Max hieß er. Sie traf ihn ein- bis zwei Mal die Woche, irgendwo im Wald. Er hatte wunderschöne braune Augen. Er war immer zu irgendwelchen Späßen aufgelegt. Er brachte sie zum Lachen.

Was für ein Mistkerl! Drang in eine perfekte Ehe ein, rücksichtslos und ohne jede Moral. Ein Schwein, ohne Zweifel.

„Er ist ja so süß, der Max", schwärmte sie ins Telefon.
Süß? Ja, hatte sie denn ihren Verstand verloren? Er erinnerte sich an seine Kindheit. An das Geplärre und Geschrei seiner Eltern, das doch immer wieder im Bett endete. Was für ihn der beste Beweis war, dass zu viel Sinnlichkeit das Hirn vernebelt. Seiner Sabine durfte das nicht passieren. Unmöglich. Und falls doch, dann würde es bald aufhören, so wie eine Grippe. Er brauchte nur abzuwarten.

„Wann willst du ihm die Sache mit Max beichten?", wollte Uschi wissen. „Ich warte noch auf den richtigen Zeitpunkt", gab Sabine zurück. „Du weißt doch, dass er wegen dieser Ängste in psychiatrischer Behandlung war. Das erfordert Geduld."

Thomas quetschte den Hörer in seiner Hand wie einen Schwamm. Auf seiner Stirn trat wieder diese dicke Ader hervor. Hielt seine eigene Frau ihn denn für verrückt?! So waren sie eben, die Weiber. Wenn man ihnen von seinen Schwächen erzählte, nutzten sie es nur aus. Belogen und betrogen einen nach Strich und Faden und taten noch edelmütig, um nicht mit der Wahrheit herausrücken zu müssen. - Klar, dann hätte die elende Schlampe auf das Luxusleben, das er ihr bot, verzichten müssen.

Das nächste Telefonat ließ die Ader auf seiner Stirn fast platzen. „Ich werde ihn mit nach Hause nehmen", plapperte Sabine drauflos. „Wenn ich Thomas erkläre, dass Max mich fröhlich und glücklich macht, wird er es verstehen. Bestimmt, Uschi, du wirst sehen ..."

Es reichte. Er legte auf und versank in einem Meer aus Traurigkeit, Enttäuschung und Wut. Nein, er würde diesem Max seine Kleine nicht einfach überlassen. Sie gehörte zu ihm wie sein linker Arm oder sein rechtes Auge. Kein Dreckskerl der Welt hatte auch nur den leisesten Anspruch auf sie. Das musste er der verblendeten Sabine klarmachen.

Als er den Hausschlüssel im Schloss drehte, konnte er sie schon hören. „Du bist mein Schatz", jauchzte sie, „mein allerliebster Max-Schatz!" Sein Herz verkrampfte sich und zog sich auf Walnussgröße zusammen. Sie war mit ihm im Bad. Die Gedanken daran, was die zwei dort wohl trieben, brachten ihn fast um. Wie von unsichtbaren Schnüren gezogen ging er in die Küche, zog die Schublade auf und nahm das Tranchiermesser heraus. Er baute sich vor der Badtür auf und wartete darauf, dass diese schamlose Hure heraustrat. „Du bist schon zurück, Thomas? Ich muss dir was gestehen, ich ….."

Weiter kam sie nicht. Mit einem schwachen Seufzer sackte sie zusammen. Er beobachtete fasziniert, wie das Blut, das aus dem Loch in ihrem Bauch trat, im Flauschteppich versickerte. Der dunkelrote Fleck hatte bereits Fußballgröße angenommen, als ihm das Winseln bewusst wurde. Es kümmerte ihn nicht. Er starrte weiter auf den wachsenden roten Fleck. Tapsige Schritte waren hörbar. Er beachtete sie nicht. Doch den kleinen wuscheligen Hund, der plötzlich neben der Leiche stand, konnte er nicht übersehen. Er wimmerte und leckte zärtlich die Hand der Toten.

Thomas glaubte, sein Schädel würde platzen. Diese Ansammlung von grausam dummen Hirnzellen hätte es nicht besser verdient, als hier und jetzt zu explodieren. Über dem leblosen Körper seiner Sabine. Der er nichts weiter vorzuwerfen hatte, als die Liebe zu einem Hund.

Als das Telefon surrte, griff er automatisch danach. Es war Uschi. „Na, wie findest du den Max? Sabine ist jede Woche zum Tierheim gefahren, um mit ihm spazieren zu gehen. Erst als sie ganz sicher war, dass er zu euch passt, hat sie ihn mitgenommen. Sie meint, er macht euer Glück perfekt."

Statt einer Antwort atmete er schwer. „Hey, Thomas, was is´n los? Sag doch was!"

EL DIABLO CHI CHI

Fred, der Beleuchter, hatte das Licht zu einem weißen Kegel verschmelzen lassen. Während das Publikum und der Rest der Bühne im Schwarz ertrank, waren der Zauberer, der Kasten und das Mädchen für jeden sichtbar. Mehr noch. Sie waren von einem überirdisch anmutenden Strahlenkranz umgeben. Genau wie die Heiligen auf den gold gerahmten Bildchen, die Freds Mutter auf der Eckkommode stehen hatte.

Natürlich waren die Leute auf den Zuschauerplätzen still. Sie vergaßen das Plappern, das Gläserklirren und hielten – für einen Moment zumindest – den Atem an. So wie Fred. Obwohl er diese Szene seit nunmehr fünf Wochen jeden Abend (außer montags) sah, schlug sie ihn immer noch in ihren Bann. Doch heute war es anders als sonst, heute lächelte er dabei. Fred lächelte das Lächeln der Wissenden, denn er wusste tatsächlich Bescheid. Im Gegensatz zum Publikum, diesen dummen, dummen Leuten, war er darüber informiert, was gleich passieren würde. Und, vor allem, warum es passieren würde. MAGIC MARVIN würde die elektrische Säge einschalten und den Kasten, in dem die schöne

Jessica lag (die in Wahrheit Doris hieß, wie er herausgefunden hatte), in zwei Teile zersägen. Danach würde er die beiden Hälften aus denen Kopf und Füße ragten, unter dem Raunen der Menschen im Saal auseinander schieben. Und erst dann würde er Jessica wieder zu einer kompletten, vollständigen Frau zusammenfügen.

Ganze fünf Wochen lang hatte Fred nicht einmal ahnen können, wie ihm dies Kunststück gelang. Obwohl er genau hingeschaut hatte von seinem Beleuchterplatz hoch oben in der Galerie. Nun ja, MAGIC MARVIN war ein Zauberer, aber einen Trick musste es doch geben, oder?!

„Da ist doch ein Trick dabei, Mister Marvin", hatte er gestern kurz vor der Vorstellung gefragt. Und als MAGIC MARVIN weitergehen wollte, mit einem mitleidigen Grinsen im Gesicht, hatte er seinen ganzen Mut zusammen genommen, ihn am Frackärmel fest gehalten und gebettelt: „Bitte verraten Sie es mir, Mister Marvin, denn ich möchte auch ein berühmter Zauberer werden. So wie Sie, Mister Marvin. Genau so. – Muss ich mir dafür teure Sachen kaufen, Mister Marvin? Die anderen sagen das jedenfalls", hatte Fred hinzugefügt. „Man muss teure Sachen haben, um zaubern zu können, nicht wahr?"

Da hatte er es ihm verraten. MAGIC MARVIN hatte aufgehört zu grinsen und stattdessen eine ernste, feierliche Miene aufgesetzt. Er hatte sich zu ihm gebeugt, dicht an sein Ohr, damit niemand sonst etwas hören konnte. Dann hatte er Fred das Geheimnis zugeflüstert.

Und jetzt wusste er es. Jetzt hatte er die Macht. Jetzt war er ein Zauberer.

Die Anderen hatten keine Ahnung, weil er sich noch nicht zu erkennen gegeben hatte. Fred tat seine Arbeit so wie immer. Er wartete ab, bis MAGIC MARVIN die Kastenhälften zusammen gerückt hatte, um dann die rote Scheibe vor den Scheinwerfer zu schieben. Das grelle Licht verwandelte sich in den warmen Schein eines nächtlichen Lagerfeuers. Es sah jedes Mal herrlich aus, wenn der Zauberer sein Cape ausbreitete wie ein Vogel seine Flügel, und wie er dazu die Lippen bewegte. An dieser Stelle musste Fred die rote Scheibe wieder entfernen, damit alle, auch die in den hinteren

44

Reihen, erkennen konnten, wie die schöne Jessica unbeschadet aus dem Kasten stieg.

Applaus, Applaus für MAGIC MARVIN den Wunderbaren, den Meister der Magie!!!

Als sie erwachte, war er bei ihr. Fred streichelte ihren blondierten Kopf und sprach beruhigend auf sie ein. „Du brauchst keine Angst zu haben, Jessica, wirklich nicht. Aber ich musste dich hier herbringen, weil du bestimmt nicht allein mitgekommen wärst. Es war nur ein kleines bisschen Äther auf dem Taschentuch, nicht viel. Da kriegst du keine Kopfschmerzen von, keine Sorge. Und du wirst auch keine Striemen an den Handgelenken haben, weil ich ganz weiche, breite Bänder genommen habe." Er schüttelte betrübt den Kopf, denn ihm kamen böse Bilder in den Sinn. Bilder, die er vom Kino und vom Fernseher kannte. „Ich mag es nicht, wenn Männer brutal zu Frauen sind."

Nachdenklich betrachtete er sie, wie sie da ausgestreckt auf der Werkbank lag. Er hätte ihr gern den Knebel aus dem Mund genommen, aber dann würde sie sicher wieder schreien. Sie hatte halt Angst. Weil sie nicht wusste, wer er war. Wer er j e t z t war. Sie kannte ihn nur als Fred, den Aushilfsbeleuchter. Keine blasse Ahnung davon, dass er nun auch das Wissen besaß und die Macht hatte. Und dass er schon bald so groß sein würde wie MAGIC MARVIN. Ach was, größer noch! Dann würde sie an seiner Seite sein, Abend für Abend vor jubelndem Publikum. Ja, er würde sie mitnehmen, die kleine Jessica-Doris, mitnehmen auf seinem Weg zum Ruhm.

Vorher allerdings musste er den Zauber erproben.

„Sei ganz ruhig, Jessica. Dir wird nichts passieren."

Fred schaltete die Kreissäge an. Er musste sich konzentrieren, damit er auch die richtigen Worte sagte. Aber er wusste sie. Im Schlaf hätte er sie hersagen können, so oft hatte er sie wiederholt: „El Diablo Chi Chi, El Diablo Chi Chi, El Diablo Chi Chi."
Ha! – Es konnte gar nichts schief gehen.

Warum benahm sie sich so komisch?

Ihr Kopf wurde ganz rot und die Augen immer größer. Fast schien es, als würden die weißen Augäpfel aus ihren Höhlen herausquellen. Das sah hässlich aus. Er musste es ihr sagen. Für die kommenden Auftritte vor Publikum. Ihre mit blauem Puder ummalten Augen waren doch so hübsch!

„Du brauchst dir wirklich keine Sorgen zu machen, Jessica, denn ich weiß den Zauberspruch. Mister Marvin hat ihn mir verraten. Wenn er dich jeden Abend auseinander schneidet und wieder zusammen tut, dann hast du doch auch keine Angst. Dann lächelst du sogar. Also sei ganz ruhig, bitte."

Aber sie blieb nicht ruhig. Sie zappelte mit dem bisschen Kraft, das sie noch hatte. Er rieb ihr mit dem Handrücken die Wange. Wie einem Kind. Frauen waren wie Kinder. Man musste für sie sorgen und ihnen Entscheidungen abnehmen.
Fred wusste, dass er es richtig gemacht hatte. Er war der neue Zauberer. Bei ihm war sie gut aufgehoben. Und damit sie endlich still war, sagte er die magischen Worte zum Beweis auf, laut und deutlich: „El Diablo Chi Chi!"

Er hatte sie überzeugt. Alles war in Ordnung. Er konnte beginnen.

Als die Zacken der Säge ihre Taille berührten, schoss ihr durch den Kopf, dass sie diese Worte liebte. **El Diablo**, der Tequila-Drink mit Crème de Cassis, Ginger Ale und Limette. Und **Chi Chi**, der Wodka-Shake mit süßer Sahne, Coconut Cream und Pineapple Juice.
Bei diesen Drinks hatten sie sich damals an der Hotelbar kennen gelernt, Marvin und sie. Seitdem läuteten diese leise gemurmelten Worte in ihrer Show die Schlussnummer und damit gewissermaßen den Feierabend für sie beide ein. **El Diablo Chi Chi ...**

Hatte sie eben gelächelt? Fred registrierte es beruhigt. Nur das Blut, das viele, viele Blut, das beunruhigte ihn.

SWEETY´S TROTTEL

Lisa-Marie, die überaus entzückende Flitterwöchnerin, der hier im Hotel vom Pagen bis zum Rezeptionschef alle Männer zu Füßen lagen, lächelte. Wie immer erschien dieses kleine Grübchen in ihrem Kinn und ließ sie noch jünger, noch unschuldiger und noch süßer erscheinen. Es war dies Grübchen, das ihr den Kosenamen >Sweety< eingebracht hatte.

„Wie sehe ich aus?", wollte Sweety wissen.

Statt einer Antwort gab der Mann ihr einen Kuss. Und er lächelte zurück, mit der naiven Seligkeit, die dem aufrichtig Liebenden zu eigen ist. Immer noch wortlos sah er seiner Frau zu, wie sie Stück für Stück ihres wertvollen Schmucks anlegte. Berthold Wasmeier fühlte neben all der Zuneigung und Bewunderung eine Welle von Stolz in sich aufbranden. Er, der sein ganzes Leben lang hart gearbeitet hatte und trotz all des geschäftlichen Erfolges immer bescheiden geblieben war, empfand dies Gefühl zum ersten Mal. Weil diese wunderschöne, zarte Frau seine Frau war. Seit nunmehr 48 Stunden. Und noch ein ganzes Leben lang.

So hoffte er.

Sie hatten sich eine brandneue Musical-Inszenierung in einem der kleinen Off-Broadway-Theater angesehen. Obwohl sie beide der englischen Sprache kaum mächtig waren, hatten sie sich doch prachtvoll amüsiert. Das Ganze war laut, schrill und komisch gewesen, und ein paar Gläschen Champagner hatten ihre gute Laune noch gesteigert. Sweety zupfte den dicklichen Mann am Mantelrevers: „Ich mag noch nicht ins Hotel zurück! Ich will noch einen Sun-Downer trinken! In dieser schnuckeligen angesagten Kneipe, von der ich dir erzählt habe!"

„Aber Schatz, die liegt in der finstersten Ecke Brooklyns. Das kann gefährlich sein, um diese Zeit da herumzulaufen. Mit all deinem Schmuck und dem Nerz und ..." Er schaute in das süße Gesicht, in dem ganz dick das Wort Enttäuschung prangte. Und er gab den Widerstand auf, als sie ihn nun, fröhlich aber energisch, unterhakte und mit sich fortzog.

Der Typ, der am Ende der Sackgasse wartete, sah aus wie ein zerlumpter Junkie. Einer von denen, die alles tun, um an Geld für den nächsten Schuss zu kommen. Er stand im Dunkeln, dort, wo der Schein der Laterne ihn nicht erreichen konnte. Kein Mensch weit und breit, nur ein paar überquellende Mülltonnen und hin und wieder die Gesellschaft einer emsigen Ratte. Es war keine Langeweile sondern Anspannung, die ihn dazu veranlasste, eine leere Flasche beiseite zu kicken. Dabei fiel ihm auf, dass er vergessen hatte, seine handgenähten Lederschuhe gegen die dreckigen Gummitreter einzutauschen.

Egal. Wenn nicht gerade die Leuchtreklame von der Wand gegenüber aufflackerte, war es stockdunkel.

Schwer atmend zog er die 45er Magnum aus der Jackentasche und hielt sie in der rechten Hand hinterm Rücken. Die linke Hand, die feingliedrig, weich und wohl maniküt war, hielt er gekrümmt offen. Bettelnd, auffordernd und bereit für eine milde Gabe. Genau wie damals vor zwei Jahren, als Sweety mit ihrem ersten Ehetrottel hier aufgetaucht war. Es hatte wunderbar geklappt: Der tödliche Schuss, das entsetzte Frauchen, der Junkie, der mit der

Brieftasche auf und davon war, die ratlose Polizei.

Heute würde es ebenso gut klappen. Wenn er nur die Nerven behielt. Sweety hatte ihm telefonisch detaillierte Anweisungen gegeben. Doch er hatte sie seit einer Woche nicht mehr gesehen, gefühlt und gerochen. Das machte ihn fertig, denn er brauchte sie. Wie die Luft zum Atmen. Deshalb musste dieser zweite Mann auch weg. Damit Sweety endlich so viel Geld, wie sie brauchte. Erst dann konnte sie ihn heiraten. Endlich.

Bei dem Gedanken an die lange Zeit, die er schon darauf wartete, entfuhr ihm, ganz unwillkürlich, ein sehnsüchtiger Seufzer. Verdammt.
Das hatte der Kerl sicher gehört.

Plötzlich stand er wenige Meter vor ihm, Sweety am Arm. Berthold Wasmeier sah exakt aus, wie sie ihn beschrieben hatte: Kurzbeinig, pausbackig, dick und fast kahlköpfig. Sweety hatte es brutal auf den Punkt gebracht. „Er sieht aus wie ein Schwein in einem Anzug", hatte sie gesagt. Und gelacht, gelacht, gelacht … Er hatte mitgelacht. Wie beim ersten Mal, als sie ihm ein Foto vom alten Rosenberg gezeigt hatte. - Was waren da noch ihre Worte gewesen? Ach ja: „Feuere am besten gleich ein Dutzend Schüsse ab, damit wenigsten für eine Minute Leben in meinen Methusalem kommt!" Ha ha, was hatten sie gelacht.

„Hier, fünf Dollar für Sie." Berthold Wasmeier drückte ihm lächelnd einen Schein in die offene Hand. Dann sah er die Pistole. Er blickte direkt in die Mündung und schwieg.

Die Stille schien eine Trillion Jahre zu dauern.

„Schieß doch endlich! Drück ab, du verdammter Idiot!" Das war die Stimme der Frau, die er liebte.

Der Mann, der wie ein Junkie gekleidet war, schoss gleich drei Mal. Sie war sofort tot. Das Komische war, dass sie nicht einmal geschrieen hatte. Dazu war sie viel zu überrascht gewesen. Eigentlich war er auch überrascht, dass er auf sie und nicht auf den kleinen dicken Mann gezielt hatte. Es war ein winziger Moment, der ihn dazu gebracht hatte, die Schussrichtung zu ändern. Es war der Augenblick, in dem sich seine Gestalt in der Glasscherbe spiegelte. In dem er erkannte, dass er auch nicht länger jung war, dass seine Haare sich lichteten und dass die Jeans über seinem Bauch spannte.

Wie viel Zeit wäre ihm noch geblieben, bis er für Sweety nicht mehr als ein dicker alter Trottel gewesen wäre???

KERNIGE LÜGEN

An den Anblick von Leichen musste er sich noch gewöhnen. Der junge Kommissar schluckte und räusperte sich, um Zeit zu gewinnen. Gestern erst hatte er die neue Stelle angetreten, und dann gleich das. Ein Mord. Ganz klassisch, wie aus dem Kripo-Lehrbuch, lag der Tote vor ihm auf der Erde, zwischen satten Grasbüscheln und gelbem Löwenzahn. Fünf Fliegen umkreisten interessiert den eingeschlagenen Schädel, an dem mehrere getrocknete Blutrinnsale zum Kinn hinunterführten. Die Augen des Mannes waren so weit aufgerissen, dass sie Kommissar Müller-Märtens spontan an die Spiegeleier erinnerten, die heute morgen auf seinem Frühstücksteller gelegen hatten. Munter und zufrieden hatte er sie verspeist und sich dabei auf seinen ersten Arbeitstag gefreut. Auf das Inspizieren der Büros, das allgemeine Händeschütteln, das Einräumen seines Schreibtisches und auf den Papierkram.

Den wollte er mit viel Ruhe und Kaffee gemeinsam mit seiner Assistentin durchsehen. Der für seinen Geschmack etwas zu knochigen, ansonsten aber ganz passablen Simone Bohrmann. >Bohrtürmchen< hatte er sie insgeheim schon getauft. Doch das würde er ihr erst nach einer angemessenen Frist verraten. Bis dahin würden sie sachlich und effektiv zusammen arbeiten.

Michel Müller-Märtens wollte seinen alten Chef, der ihn für diese Position empfohlen hatte, keinesfalls enttäuschen. Selbst wenn er die Nächte durchschuften musste, um seine mangelnde Erfahrung durch Fleiß, Fleiß und nochmals Fleiß wett zu machen. – Ob seine Mitarbeiter da mitziehen würden? Klar doch. Er würde sie motivieren. Zum Beispiel mit belegten Brötchen, die er zum Einstand spendieren wollte. Oder besser mit Kuchen? Ein nachdenkliches „Hmm" huschte ihm über die Lippen.

„Soll ich das Beweismaterial sichern, Herr Kommissar?" Die eifrige Stimme seiner Assistentin riss ihn aus seinen Betrachtungen. Er straffte die Schultern. Jetzt gilt es, Michel, gab er sich selbst die Parole aus. Jetzt musst du zeigen, was du drauf hast. „Natürlich, Frau Bohrman", erwiderte er. „Aber erst, nachdem die Kollegen von der SpuSi alles gecheckt haben." Er deutete auf die Erdmulde neben dem Opfer. „Hier hat bis vor kurzem ein dicker

Stein gelegen. Das dürfte unsere Tatwaffe sein. Lassen Sie sich das von der Pathologie bestätigen. Ich will die genaue Todeszeit wissen. Und, ganz wichtig, eine Liste aller möglichen Tatzeugen!"

Simone Bohrmann nickte zustimmend, was ihn irgendwie erleichterte. Anscheinend hatte er den richtigen Ton getroffen. Nicht zu herrisch und nicht zu lasch. Kommissar Müller-Märtens grinste still in sich hinein. Das Befehle-Erteilen war ihm zwar nicht in die Wiege gelegt worden, doch zum Glück erlernbar.

Der schlaksige Kriminalbeamte beobachtete, wie die Leiche abtransportiert wurde. Das Klicken der Fotokameras, das Hochzurren des Reißverschlusses am grauen Plastiksack, das Zuklappen des tragbaren Metallsarges. Ein routinierter Ablauf, der so gar nicht in diese blühende, duftende Wiesenlandschaft passte. Der Schmetterling, der zwischen den grünen Sträuchern und Büschen herumflatterte, ließ die Szene noch unwirklicher, noch skuriler erscheinen.

Wer an solch schönem Junitag mordet, gehört bestraft, entschied der Kommissar, als er endlich den Tatort verließ.

Es sah ganz danach aus, als könnte er seinen ersten Fall schnell und sauber zwischen den Aktendeckeln mit der Aufschrift >FÄLLE/GELÖST< abheften. Schon die ersten Eingangsbefragungen hatten ergeben, dass ihr Opfer Herbert Peters sich alle Mühe gegeben hatte, ein echter Casanova zu sein. Jedenfalls unterhielt er Beziehungen zu zwei Frauen gleichzeitig. Da er nicht beraubt worden war und auch keine Feinde in seinem Umfeld auszumachen waren, tippte der Kommissar gleich auf die gute alte Leidenschaft als Mordmotiv. Und wie es besser nicht sein konnte, hatten sich beide Damen zur fraglichen Tatzeit am Tatort aufgehalten. Beide weinten ihre Taschentücher nass über den herben Verlust des Liebsten. Beide beteuerten ihre Unschuld.

„Natürlich war ich auf der Wiese", schniefte Else Koslitzky voller Empörung. „Da führe ich doch meinen Tarzan zum Gassigehen aus. Allerdings hat er an diesem Tag wie wild geschnüffelt und gebellt, wegen eines Kaninchens, da habe ich nichts anderes gesehen und gehört." Ihre kugelrunden braunen Augen hefteten sich an Müller-Märtens. „Wenn ich nur geahnt hätte, dass Herbert in der Nähe war mit dieser, dieser ...." Ein dramatischer Schluchzer erstickte das folgende Schimpfwort gnädig. „Ach, Herr Kriminaloberpolizeiinspektor, Frauen können ja so gemein sein, so hinterhältig, so ...., ach." Else taxierte ihn sekundenschnell vom Borstenhaarschnitt bis zu den dicksohligen Schuhen und schlug einen fürsorglichen Ton an. „Sie sind ja noch sooo jung, Sie wissen das vielleicht noch nicht. Aber ich könnte Ihnen da Sachen erzählen von dieser, dieser ...." Sie schüttelte angewidert die dauergewellten Löckchen und ließ sich nur zögerlich ins Nebenzimmer führen.

Annegret Fichtel präsentierte sich dem Kommissar zwar dezenter, doch mindestens so tränenreich. Während sie mit einem porzellanweißen, sorgfältig handgehäkelten Spitzentüchlein die Augen abtupfte, hauchte sie mit dünnem Stimmchen ihre Aussage. „Ja, ich war auf der Wiese. Aber doch nur, weil da Haselnusssträucher stehen und ich Haselnüsse pflücken wollte. Für meinen Haselnusslikör." Wieder kam das Spitzentuch zum Einsatz. Annegrets Stimme sank zu einem Flüstern. „Den hat mein Herbert immer so gern getrunken. Ich mache fast alles selber, müssen Sie wissen. Erst bei mir hat der arme Mann gesunde Kost kennen gelernt. Er hatte sich auch schon fast daran gewöhnt, der Liebe. Und nun .... Schrecklich, einfach schrecklich!"

Kommissar Müller-Märtens ließ beide Damen warten, bis die Protokolle fertig getippt vorlagen. „Prima, Frau Bohrmann", verkündete er gut gelaunt. „Dann können die Zwei gleich unterschreiben. Eine können Sie nach Hause schicken. Für die andere reservieren Sie bitte umgehend eine nette kleine Zelle."

Kriminalassistentin Bohrmann gab ihrem Drehstuhl einen Schwung und schaute zu ihrem 185 Zentimeter langen Chef hoch. In ihrem Gesicht spiegelte sich Verblüffung allerfeinster Sorte. „Wie haben Sie denn das so schnell rausgekriegt? Ich meine, wir haben doch keine Zeugen, keine Fußspuren, keine Fingerabdrücke, keine Fasern. Und die Alibis unserer Verdächtigen sind beide gleich mies oder gleich gut, wie man's nimmt. Wir haben einfach nichts. Nix. Niente."

Während er sie anlächelte widerstand er der Versuchung, selbstgefällig zu wirken. Lässig und wie nebenbei bemerkte er: „Doch, wir haben was. Ohren zum Zuhören. Das reicht, um diesen Fall zu lösen."

Der Kommissar gab ihrem Stuhl noch einmal Schwung, so dass sie sich eine fröhliche Runde lang im Kreis drehte. „Doch nun, liebe Frau Bohrmann, sause ich in die Kantine und hole Kuchen. Ich muss doch noch meinen Einstand geben, wenn´s Recht ist."

Ein Zitronencremeschnittchen, einen Windbeutel und zwei Apfeltaschen später, - dezent gepaart mit einem halben Liter Kaffe und drei Cognacs - , guckte Bohrtürmchen immer noch fragend aus der Wäsche. Obwohl der Feierabend bereits angebrochen war, entschied der Kommissar, zum Fall zurückzukehren und die Assistentin aufzuklären. Auf seine Weise. Also schnappte er sich eine Nussecke vom Papptablett und hielt sie ihr vor die blassrosa bemalten Lippen. „Haselnüsse", kommentierte er die Aktion. „Es waren die Haselnüsse, die mich drauf gebracht haben. Damit hat sie sich verraten, die tränenreiche Frau Fichtel."

Simone Bohrmann biss gehorsam von der Nusseckenspitze ab. „Was´n los mit´n Nüss-Nüss-Nüssen", gab sie mit cognacbedingten winzigen Sprachschwierigkeiten zurück.

Ihr neuer Chef schnippte mehrmals mit den Fingern, direkt vor ihrer Nase. „Na, na, na, Haselnüsse! Jetzt! Also, das ist doch klar! Die kann sie unmöglich an diesem Junitag auf der Wiese gepflückt haben!" Weil seine Assistentin immer noch keine Miene verzog, fügte er hinzu: „Weil Haselnüsse erst im Herbst reifen. Was beweist, dass Annegret Fichtel die Täterin ist. Sie hat die Zeit nicht zum Pflücken, sondern zum Morden genutzt. Eine hässliche Entscheidung, wenn Sie mich fragen."

Michel Maier-Märtens beendete die dienstlichen Auskünfte und sah zu, wie der letzte Nusseckenrest im zweifelsfrei hübschen Mund von Bohrtürmchen verschwand. Sie sollte wirklich mehr essen. Dabei kamen die vollen Lippen und die Grübchen in den Wangen so gut zur Geltung. Vielleicht würde auch das Knochige etwas ausgepolstert und weicher werden.

Ohne dass er es wollte, tauchten in der Tendenz unartige Bilder in seinem Kopf auf. Er scheuchte sie fort und griff zum Kuchentablett: „Nachschub gefällig?"

MEIN GEFIEDERTER FREUND

Eine schrille Stimme riss ihn aus seinem Fernsehschlaf: „Theo! Theee-ooo!" Natürlich. Sie schon wieder. Kümmerliche 23 Minuten hatte sie ihm Ruhe gegönnt. Er ließ den ausgefransten Sessel im Stich, durchschritt die Diele und betrat den Raum, den seine Tante hochtrabend als „Bibliothek" bezeichnete. Wie immer empfand er auch jetzt tiefen Abscheu beim Anblick der zusammen geschobenen Schrankwände, die nicht mehr als ein paar Dutzend Romane, Ratgeber und Kochbücher bargen. Edelgard Schneider hatte zwar eine Menge Geld, aber keinen Geschmack.

Genau das hatte Theo ihr nie verziehen. Er war ja selbst im Arbeiterviertel groß geworden, wo es nicht gerade selbstverständlich war, Goethe und Kant zu lesen. Doch im Gegensatz zur selbstgefälligen Edelgard war seine Mutter an allem interessiert gewesen. An Sprachen, Musik, Malerei, Lyrik. Dieses wache Interesse hatte sie an ihren Sohn Theodor weitergegeben. Zu mehr hatte es nicht gereicht. Leider. Denn nur Edelgard hatte den Sprung >nach oben< geschafft. Dank ihrer Heirat war sie reich geworden. Ihr fleißiger Gatte hatte einen

Handwerksbetrieb groß gemacht und war dann still verstorben. Damit standen ihr die Türen für alles, alles offen. Doch sie zog es vor, sie nicht zu nutzen. Ja, er hegte sogar den Verdacht, dass sie es genoss, ungebildet zu sein. Und trotzdem die Leute für sich hüpfen zu lassen.

„Theo! Wo bleibst du denn?!", kreischte es ihm aus dem Rollstuhl entgegen. Da saß sie, die geizige Ziege, und trommelte ungeduldig mit den Fingern auf ihrem Gipsbein herum. Wie er sie hasste.

„Soll ich erfrieren oder was? Gib mir die Decke!" Sie wies mit dem Zeigefinger auf das unerträglich orange-braun gemusterte Plastikdings. Er verkniff sich die Bemerkung, dass sie sehr wohl selbst daran gekommen wäre. Statt dessen drapierte er das verwaschene Stück auf ihren Knien. Immerhin - das durfte er nie vergessen - war sie seine Erbtante. Und seine letzte Chance auf ein Leben in Wohlstand. Ohne Arbeit, ohne Sorgen. Angefüllt mit Restaurantbesuchen, Opernabenden, Fernreisen, klasse Frauen, Armani-Anzügen, Cabriolets. Ein sehnsuchtsvoller Seufzer entwich seiner schmächtigen Brust.

Der war Tantchen nicht entgangen. „Was jappst du so jämmerlich rum?! Ist dir wohl zu anstrengend, für deine kranke alte Tante zu sorgen, was?!" Sie funkelte ihn aus zusammengekniffenen Augen böse an: „Keine Kraft. Keine Ausdauer. Kein Mumm in den Knochen. Wundert mich nicht, dass du es zu nichts gebracht hast. Das Geld für dein Studium hätte sich meine dumme Schwester sparen können. Wärst du Klempner geworden, würdest du mir jetzt nicht auf der Tasche liegen."

Er schluckte. Zähle bis zehn, Theo, ermahnte er sich. Ganz langsam. Sonst hältst du nicht durch. „Ich habe eben nur Pech gehabt, Tante Edelgard. Aber ich schaffe es schon. Dann kannst du endlich stolz auf deinen einzigen Neffen sein." Sie bedachte ihn mit einem unwirschen Knurren als Antwort und verlangte nach einem Glas handgepressten Orangensaft. Das Aas achtete auf eine geregelte Vitaminzufuhr. Fit wie ein Turnschuh, die Alte. Bis auf das gebrochene Bein, natürlich. Wenn er nicht irgendetwas unternahm, würde sie ihn noch überleben. Nachdem Tantchen ihren Saft geschlabbert hatte, wollte sie in den Garten gerollt werden. Den Anblick auf die parkähnliche Anlage samt Naturteich genießen.

Der Teich. Eine weite türkisblaue Fläche, durchbrochen vom Weiß und Gelb der Seerosen. Mit schillernden Libellen an der Oberfläche und graugeschuppten Fischen in der Tiefe. Sogar ein Hecht lebte da unten im Morast, uralt, mit bemoostem Rücken. Ein richtig schöner Teich ist das, befand Theo. Er entspannte sich. Endlich. Zum ersten Mal nach all den Wochen, in denen er als Tantchens persönlicher Sklave im Haus wohnte.

Ein Schmunzeln umspielte seine Mundwinkel, als er Edelgard davon in Kenntnis setzte, dass er kurz in die Stadt müsste. „Vielleicht, liebe Tante, bringe ich dir auch ein Geschenk mit", murmelte er.

„Bist du verrückt geworden?! Ein Papagei?!" Edelgard Schneider schaffte es tatsächlich, ihre Stimme noch schriller klingen zu lassen. „Das Vieh macht nur Dreck und Krach. Entweder du lässt es in deinem Zimmer, oder du bringst es gleich wieder zurück in die Zoohandlung. Sonst fliegt ihr beide hier raus. Verstanden?!"

Theodor hob gehorsam den Käfig mit dem rot-blau gefiederten Papagei in die Höhe. „Komm, mein Freund, wir machen es uns in meiner Abstellkammer gemütlich", lachte er gut gelaunt. „Er heißt übrigens Sokrates. Und er ist äußerst sprachbegabt", informierte er die Tante im Hinausgehen.

„Sokrates! Gib Küsschen!", krächzte der Vogel.
„Blödes Mistvieh!", krächzte die Tante.
Der Kommissar klappte seinen Notizblock zu. Es war nicht viel, was er notiert hatte. Eine alte Frau mit Gipsbein. Ertrunken im eigenen Teich. Hatte sich zu weit aus dem Rollstuhl gebeugt und war ins Wasser gefallen. Ein Unfall im häuslichen Umfeld. Laut Aussage des Neffen hatte die Frau oft und gern die Fische gefüttert. Dabei musste es passiert sein. Die Dose mit Fischfutter lag noch neben dem Rollstuhl. Alles einleuchtend und logisch.
Blieb nur die Frage, warum der Neffe nicht auf die Hilferufe reagiert hatte. Denn um Hilfe gerufen hatte die Ertrinkende ganz bestimmt. Den zerrissenen Seerosen nach zu urteilen musste sie noch eine ganze Zeit lang versucht haben, sich über Wasser zu halten. Ein ziemlich aussichtsloses Unterfangen, wenn

einen ein Riesenklumpen Gips in die Tiefe zog, befand der Kommissar beim Anblick der Leiche.

„Wollen Sie allen Ernstes behaupten, Sie hätten keine Hilfeschreie gehört?", fragte er seinen einzigen Verdächtigen provozierend. Wenn er das jetzt abstreitet, ging es ihm dabei durch den Kopf, dann ist etwas faul an der Sache. Gespannt wartete der Kommissar auf die fällige Antwort.

Theo schenkte ihm ein höfliches Lächeln. „Natürlich habe ich was gehört. Ich war zwar drinnen, aber die Fenster standen weit offen an diesem herrlichen Tag. Deshalb war ich mir auch sicher, dass es Sokrates war. Er entwischt oft in den Garten. Und seine Stimme und die meiner Tante klingen recht ähnlich, müssen Sie wissen." Er registrierte die Verwirrung im Gesicht des Beamten. „Sokrates ist der Papagei meiner Tante. Ein sehr gelehriges Tier. Sie hat ihm andauernd ein neues Wort oder einen ganzen Satz beigebracht. Er war ihr Ein und Alles."

Wie gerufen, kam der Vogel angeflattert. „Hilfe!", krächzte er in höchsten Tönen. „Hilfe! Ich errrr-trinke! Ich errrr-trinke!"

Es klingt wirklich ganz nach der Alten, stellte Theo fast bewundernd fest. Das viele Vorsprechen und Üben abends in seinem Zimmerchen hatte sich gelohnt. Dazu ein kleiner Schubs und eine klug platzierte Fischfutterdose ….

Nun konnte er sein Erbe antreten. Er kraulte den Vogel, der sich auf seinem Arm niedergelassen hatte, mit dem Finger zärtlich die Halskrause.

Gut gemacht, mein gefiederter Freund, dachte er. Was er laut sagte, war: „Wirklich tragisch. Finden Sie nicht auch, Herr Kommissar?"

ENDLICH
DER RICHTIGE

Vom ersten Augenblick an hatte Irmi gewusst, dass er der Richtige war. Er war der Mann, auf den sie all die Jahre gewartet hatte.

„Du bist mein Prinz, Harald!", lachte sie ihn jeden Morgen an, wenn er ihr am Frühstückstisch gegenüber saß. Dann zwinkerte er ihr mit seinen jadegrünen Augen zu, lachte zurück und sagte irgendetwas Nettes. Etwa, dass er sie gar nicht verdient hatte. Dass das Leben mit ihr ein unerwartetes Geschenk für ihn sei. Dass er ohne sie bestimmt in ein schwarzes Loch gefallen und abgestürzt wäre. Wenn er dann in seinen Mantel schlüpfte und nach dem Autoschlüssel griff, um ins Büro zu fahren, gab er ihr noch einen Kuss auf die Nase. Ganz sanft. „Dein Prinz sattelt jetzt seinen Mittelklasse-Pkw und reitet zur Arbeit", pflegte er zu scherzen. „Sobald er den bösen Aktendrachen vernichtet hat, wird er seiner Prinzessin ein ganz köstliches Risotto servieren."

Mein Gott, dieser Mann war einfach perfekt!

Heute Abend brauchte ihr Prinz nicht zu kochen, denn sie waren eingeladen. Irmis

Chefin wollte bei einem Fondue in ihrer neuen schicken Eigentumswohnung einiges mit ihr besprechen. „Es ist so ein Mittelding zwischen Privat und Geschäftlich, Harald. Ich fürchte also, wir müssen hin." Er hatte zwar lieber fernsehen wollen, doch er war einverstanden. Natürlich. „Vielleicht kriegst du in deiner Agentur endlich den besseren Posten, mein Liebling", meinte er. „Wenn den einer verdient hat, dann du", fügte er hinzu. Anschließend wollte er wissen, welche Blumen und welchen Wein Birgit Droste denn bevorzugte. Klar, ihr Harald war auch als Gast ein Traumtyp.

Birgit empfing sie in einem hellen Leinenkleid, einfach geschnitten, aber edel. Die rotblonden Haare waren mit einem pinkfarbenen Tuch zusammen gebunden, Lippen und Nägel in passendem Pinkton gefärbt. Sie sah wie immer grandios aus. Überhaupt hatte alles Klasse hier: Die Einrichtung, der auf Asia-Art gedeckte Tisch, das Essen und die Musik im Hintergrund. Nur eins störte die ästhetische Perfektion: Birgits Mann. Sah aus wie ein verklemmter Konfirmand und war spritzig wie eine Schüssel Milch. „Ein Langweiler mit Babylöckchen", dachte Irmi amüsiert, als Wolfgang ihr das Dipschälchen reichte und dabei vor lauter Unsicherheit zitterte. Mit Genugtuung und Stolz stellte sie fest, dass ihr Harald dagegen einem griechischen Gott glich. Dazu benahm er sich souverän, war witzig und geistreich. Vielleicht sogar ein Quentchen mehr als sonst.

„Das tut er für mich", schoss es Irmi durch den Kopf. „Damit Birgit beeindruckt ist und mir endlich den Spitzenjob gibt."

Ihre Chefin war wirklich angetan, denn schon am nächsten Tag durfte Irmi an den größeren Schreibtisch umziehen. Gleichzeitig beteuerte Frau Droste, wie reizend der Abend zu viert doch gewesen war, und dass man das unbedingt wiederholen sollte. Irmi blieb nichts anderes übrig, als eine Gegeneinladung auszusprechen. „Nächsten Samstag bei Ihnen? Gerne doch. Und sagen Sie Ihrem Mann bitte, dass ich mich schon darauf freue."

Komischerweise freute Harald sich auch. Er zauberte einen Burgunderbraten auf den Tisch und sprühte nur so vor Charme. Sie hatten schon längst Bruderschaft getrunken, als Birgit den Vorschlag machte, zusammen in den Urlaub zu fahren. Ein Bauernhaus in der

Provence wollten sie mieten. Der fade Wolfgang war mittlerweile noch stiller geworden. Seine Augen waren wie Kohlestückchen und ließen sein weißes Gesicht noch bleicher erscheinen. Doch er nickte zustimmend. Genau wie Irmi. Was sollte sie auch sonst tun? Etwa eifersüchtig reagieren, obwohl ihr Mann ihr keinen Anlass dazu bot? Nein, das war nicht der richtige Weg.
Irmi kannte sich aus mit ihren Geschlechtsgenossinnen. Sie wusste genau, wem sie die Angst zu verdanken hatte, die plötzlich in ihr aufstieg und ihr den Schlaf und die Sinne raubte.

Sie folgte Birgit ins Bad und stellte ihr die eine alles entscheidende Frage: „Willst du was von meinem Mann?"
Die Rotblonde toupierte in Ruhe ihre Ponyfransen auf, bevor sie sich zu einer Antwort bequemte: „Harald passt besser zu mir als zu dir. Hast du das wirklich noch nicht geschnallt?" Im Hinausgehen drehte sie sich noch mal um. „Tut mir echt Leid für dich, Irmi."
Wie betäubt blieb sie zurück. Als ihr aus dem Spiegel das Durchschnitts-Frauengesicht entgegen starrte, war ihr bewusst, dass sie

keine Chance hatte. Nicht, wenn eine Schlange wie Birgit ihre pinkbemalten Krallen nach ihrem Mann ausstreckte. Nach einem Moment der Verzweiflung schäumte Wut in ihr auf. Die machte einem Gedanken Platz, hart und kalt wie Stahl: Birgit muss weg, für immer!

Sie war die Ruhe selbst, als sie den Arzneischrank durchforstete und endlich fand, was sie suchte. Das Fläschchen hatte ihrer herzkranken Großmutter gehört. Es war noch voll. Sein Inhalt war wie gemacht für Birgit. Stark, geruchlos und entzückend rosafarben, wie ihr Lieblingsnagellack.Wenige Tropfen davon würden genügen. Irmi kannte sich aus. Schließlich sollte Birgit erst zu Hause ihren Herzanfall kriegen, die Schmerzen und die Krämpfe. Einige Stunden nach diesem harmonischen Essen. Und lange, nachdem sie ihr das letzte Glas Bordeaux eingeschenkt hatte.

Am nächsten Tag musste die Agentur ohne die Chefin auskommen. Die war zusammengebrochen und brauchte Ruhe. Klar, so wie die immer ranklotzte und herumschrie. Es war doch nur eine Frage der Zeit, bis der

Kreislauf da nicht mehr mitmachte. Am übernächsten Tag war die Chefin tot. Höchst bedauerlich. Dabei hatten es alle kommen sehen. Schließlich konnte man überall lesen, dass leider immer mehr Frauen in leitenden Positionen an Herzversagen starben. Irmi ließ es sich nicht nehmen, bei den Kollegen für einen besonders prächtigen Kranz zu sammeln. Es war eine stimmungsvolle Beerdigung. Harald war wieder einmal wunderbar. Er hielt eine kleine Rede, bevor er den bleichen Wolfgang in die Arme nahm und stumm und voller Mitgefühl drückte.

Irmi war froh, als das Trauerspiel vorbei war und sie wieder in ihrer Wohnung waren. Nun endlich konnte ihr altes, sorgloses Leben weitergehen. Harald kam und küsste sie, noch sanfter als sonst, auf die Nase. Sie strahlte vor Glück, als er sie bei der Hand nahm und in den Sessel drückte. „Prinzessin, ich werde dich verlassen", sagte er mit seiner samtweichen Stimme. „Ich habe mich lange dagegen gewehrt und gesperrt, das musst du mir bitte glauben. Doch nun, wo alle Hindernisse aus dem Weg geräumt sind, da ...."

„Wa-was für Hindernisse?", stammelte sie.

„Na ja, Birgit eben. Sie war Wolfgangs Frau. Und Wolfgang hat halt nicht das Selbstbewusstsein, das man braucht, wenn man zu seiner wahren Liebe stehen will." Seine herrlich grünen Augen schienen um Verständnis zu heischen. Aber das hatte sie nicht.

„Ich dachte immer, Birgit und du, ihr beide …."

Er lacht kurz auf, halb amüsiert, halb verbittert. „Nein, wirklich nicht! Außer für dich habe ich noch für keine Frau etwas empfunden. Und ich hoffte auch, dass es so bleiben könnte zwischen uns. Bis zu dem Moment, als ich Wolfgang sah. Da wusste ich sofort, dass er der Richtige ist. Der Mann, auf den ich mein ganzes Leben lang gewartet habe. – Hast du eine Ahnung, was für ein Gefühl das ist, Irmi?"

Sie blieb reglos sitzen, steif und starr wie ein Stück Holz. Erst später, als er mit zwei Koffern die Wohnung verließ, brachte sie eine Antwort heraus. „Ja", flüsterte sie, „ja."

ERBEN WILL GELERNT SEIN

Diese Detektei war exakt das, was er gesucht hatte, die passte wie ein Handschuh. Schon als er den Wagen in die Straße lenkte, wusste er es. Sie war klein, brav, spießig und glaubwürdig. Vor allem glaubwürdig. Das war ein Punkt, der ihm sehr am Herzen lag. Eberhard Minstel parkte den Sportwagen ein, rückte seine 80-Euro-Krawatte zurecht und schritt forsch auf die Haustür aus dickem Riffelglas zu. Er drückte auf den Klingelknopf, die die Aufschrift

FRIEDEL EULE
PRIVATE ERMITTLUNGEN
JEDER ART

trug. Mit einer leichten Anwandlung von Rührung stellte er fest, dass das Schild selbst angefertigt war. Etwas ungeschickt mit Klebebuchstaben aufs Papier gebracht. Das U von EULE war dabei zu tief gerutscht.

Während er die Treppen hochstieg, überlegte er, was das wohl für ein Mensch war, dieser Friedel Eule. Vielleicht ein Kleinbürger, der sich einen Jugendtraum erfüllt hatte und nun den Helden aus dem Kriminalroman nachspielte. Oder eine gescheiterte Existenz, die sich mit Philip Marlowe, dem deprimiertesten aller Detektive, seelenverwandt fühlte. Ob der Nachname EULE echt oder bloß für die Detektei erfunden war? Herr Minstel grinste bei dem Gedanken an das plustrige, rundäugige Vogelexemplar. Ein angeblich kluges Nachttier, diese Eule. Aber kurz vorm Aussterben. Weil es nicht die Cleverness einer Krähe hat. Dagegen bin ich eher der Typ Krähe, schloss Eberhard seinen Gedankenflug zufrieden ab.

Die Tür ging auf und ließ seine Zufriedenheit noch um einige Grade steigen. Vor ihm stand eine nicht mehr ganz junge Frau. Brünett, knochig, wirre Frisur. „Ich bin Friedel Eule", stellte sie sich vor und bedeutete ihm mit einer einladenden Handbewegung herein zu kommen. „Was kann ich für Sie tun?"
Der Detektiv war also eine Detektivin. Das war ja noch besser. Seine Stiefmutter hielt viel von Frauen, die ihren Lebensunterhalt selbst verdienten. Sie würde diesem weiblichen Eulenexemplar voll vertrauen. Eberhard Minstel setzte sich so behaglich wie möglich in dem billigen Sessel zurecht und strahlte sein Gegenüber an.

„Es geht um einen zweiten möglichen Erben, den Sie suchen sollen", begann er ohne Umschweife. „Aber Sie müssen sich damit beeilen, weil es meiner Mutter, äh, Stiefmutter", präzisierte er, „gar nicht gut geht." Er ließ der Eule Zeit, einen Notizblock zu zücken und eine Lesebrille aufzusetzen. Dann erzählte er ihr die ganze dämliche Geschichte, die er sich schon seit Wochen täglich in Lillis Villa anhören musste: Wie sie als junges Mädchen aus dem zerbombten Kunstmuseum geflohen war, voller Panik und tränenüberströmt, weil ihr süßer kleiner Hund zurück geblieben war. Sie hatte Flöckchen nicht rechtzeitig finden können. Als sie dann das Winseln aus den Trümmern vernahm, hatte man sie davon abgehalten, wieder ins Gebäude zu gehen. In diesem Moment war ein Mann mit rußgeschwärztem Gesicht aufgetaucht. Ohne ein Wort zu verlieren, war er in den Ruinen, die jeden Augenblick einstürzen konnten, verschwunden. Genau so stumm hatte er ihr das zitternde Flöckchen in die Arme gedrückt. Als Lilli wieder aufschaute, um ihm zu danken, war er nicht mehr da.

„Diesem Mann will meine Mutter jetzt, wo es mit ihr zu Ende geht, die Hälfte ihres
86

Vermögens vermachen. Ich habe ihr versprechen müssen, ihn zu finden." Eberhards Lächeln verrutschte leicht, als die Eule ihn prüfend über ihren Brillenrand hinweg taxierte. „Natürlich habe ich schon alles Mögliche unternommen, mit Suchanzeigen und so", beeilte er sich zu sagen. „Doch leider ergebnislos. Als meine Mutter nun vorgeschlagen hat, eine Detektei einzuschalten, habe ich sofort zugestimmt."

„Eine wirklich gute Idee", bestätigte Friedel Eule.

„Ja, gewiss", nickte Eberhard.

Damit war der Auftrag vergeben. Fröhlich pfeifend verließ der neue Klient das Büro. Umfangen von der Gewissheit, dass diese harmlose Schmalspur-schnüfflerin keinen Erfolg haben würde. Wenn sie ihren Abschlussbericht vorgelegt hatte, war die Suche nach dem Pudelretter kein Thema mehr. Und er der einzige alleinige Erbe.

„Kind, weißt du überhaupt, wie unendlich reich diese Frau ist?" Friedels Vater kratzte sich die Halbglatze. „So viel Geld zu haben ist fast unanständig. Meine Güte, was könnte man damit alles anfangen ....."

„Ja, Papa", erwiderte die Tochter zärtlich. „Man könnte dich zur Kur schicken. Und ein Haus in einer Gegend mit guter Luft kaufen. Und die vielen Schulden bezahlen. Und Wale retten. Und den Regenwald. Und .... Ach ....." Friedel Eule brach ab, um zwei Teetassen auf den Schreibtisch zu stellen. Da war kein freier Zentimeter mehr zu finden. Alles voller Bücher und Zettel. Ihr Vater war auch als Rentner noch mit Leib und Seele Archivar. Nachdenklich betrachtete sie die Stapel mit gebündelten Zeitungen, die im ganzen Zimmer verteilt waren. „Sag mal, Papa, hast du noch Pressematerial aus der Kriegszeit vorliegen? Infos über öffentliche Gebäude aus der Region, zum Beispiel Museen? Und wie sie zerstört wurden? Gibt es da Augenzeugenberichte?"

Reinhold Griemsmann ließ den müden Blick lange auf seiner Prinzessin ruhen. Sie war so fleißig, so warmherzig und so klug. Trotzdem hatte sie sich von diesem windigen Robert Eule betrügen und ausnutzen lassen. Ein Stich durchzuckte sein Herz, als er daran dachte, wie sie fast zerbrochen wäre damals, seelisch und körperlich.

„Gewiss. Nenne mir nur ein Stichwort, und ich suche dir den passenden Text heraus." Er merkte gleich, wie ihre Augen aufleuchteten. Der Greis ergriff Friedels Hand und drückte sie liebevoll. „Verrate deinem alten Vater, was du vorhast. Damit er dir helfen kann."

„Verflucht noch mal!" Eberhard Mistel klappte wütend sein Handy zu. Diese schlecht frisierte Detektivschnepfe hatte es tatsächlich geschafft, den Pudelretter ausfindig zu machen! Lilli war aus ihrer Lethargie erwacht vor lauter Freude. Morgen wollte sie ihren Helden wieder- sehen.

Es war seine letzte Chance. Mit einem Blick, kalt und hart wie Gletschereis, wandte sich Eberhard Minstel von Reinhold Griemsmann ab und seiner Stiefmutter zu. "Du hast doch sicher noch eine Frage an den Menschen, dem du so viel vermachten willst. Etwas, das nur jemandem bekannt sein kann, der wirklich dabei gewesen ist, damals. Nur zur Sicherheit, Mutter."
Die gebrechliche Frau nickte. Sie furchte die Stirn und verfiel ins Grübeln. „Verzeihen Sie mir mein Misstrauen", begann sie schließlich, „aber mein Sohn hat Recht. Es gibt zu viele

Betrüger auf dieser Welt, besonders, wenn es um viel Geld geht." Sie wusste, wovon sie sprach und seufzte. „Also sagen Sie mir bitte eins: War es der linke oder der rechte Flügel des Museums, der von der Bombe getroffen wurde?"

Zwei Augenpaare richteten sich auf Reinhold Griemsmann, eines davon blitzend vor Häme. Weil er einen langen Moment mit der Antwort zögerte. Dann fiel ihm wieder ein, was am Ende des vergilbten Zeitungsartikels gestanden hatte.„Weder noch, gnädige Frau, es war der Haupttrakt. Die beiden Flügel sind wie durch ein Wunder stehen geblieben."

Das war's gewesen! Lilli änderte ihr Testament noch am selben Tag und verschied, friedlich und sanft, einen Monat später. Eberhard Mistel hatte die Hälfte seines Erbes verloren. Dass ihm dies ein psychisch bedingtes Magengeschwür einbrachte, wunderte eigentlich niemanden. Bloß seinen plötzlichen Hass auf Eulen und alle eulenartigen Vögel konnte sich keiner erklären.

KLAPPE ZU FÜR WALDEMAR

Sie war reif. Reif wie ein saftiger Pfirsich. Heute brauchte er nur die Hand auszustrecken und diesen einhunderttausendeuroschweren Pfirsich zu pflücken.

Waldemar Kapuste, alias Woody Cap, alias Fernando de la Guerra, alias Sigurd Hallordsen zog einen Mundwinkel leicht nach oben. Das gab seinem nicht unbedingt schönen, dafür aber männlich markantem Gesicht eine amüsierte Note. Und noch mehr von dieser unwiderstehlichen Ausstrahlung. Schade, dass kein weibliches Wesen in seiner Nähe war. Egal ob Oma oder Teenager, die betreffende Dame wäre hingerissen gewesen von Herrn Kapuste und seinem Charme. Heute genau so wie vor 40 Jahren, als sich die erste Fremde über den Kinderwagen gebeugt hatte, in dem Klein-Waldemar strampelte.

Es war ein Talent. Ein Geschenk des Himmels. Eine Gabe, die förmlich von ihm verlangte, sich den Frauen zuzuwenden. Vorzugsweise denen, die über eine ausreichende Barschaft verfügten. Warum auch nicht?! Sich mit weniger zufrieden zu geben hieße, diese Gabe zu verschleudern. Und daran lag dem Herrn Kapuste weiß Gott nichts. Zumal er in all den vergangenen Jahren einen intensiven Hang zu maßgeschneiderten italienischen Hemden, handgearbeiteten englischen Schuhen, russischem Kaviar sowie Luxushotelsuiten entwickelt hatte. Parallel zu einer tiefen Abscheu gegenüber allen Tätigkeiten, die auch nur im Entferntesten an Arbeit erinnerten.

Kurzum: Waldemar Kapuste hatte wohlweislich und klug den Beruf des Heiratsschwindlers ergriffen.

Die amüsierte Note in seinem Gesicht wich einer angespannten, als er in den reich bestückten Kleiderschrank blickte. Dann griff er zum schwarzen Kaschmir-Rollkragenpullover und zur currygelben Cordhose. Als er das Haar straff nach hinten gekämmt und die modische kleine Goldrandbrille aufgesetzt hatte, gab es keinen Waldemar Kapuste aus der Zechensiedlung Duisburg-Ruhrort mehr. Da gab es nur noch Sigurd Hallordsen, den intellektuellen Filmkünstler aus Schweden.

„Du meinst wirklich, Tantchen, der Mann wäre was für dich?"

„Ja, das meine ich." Rosemarie Schulze-Böhm griff hastig nach ihrer Handtasche. Die war klein und flach, und nichts deutete darauf hin, dass ihre gesamten Ersparnisse darin ruhten: 10.000 Euro in bar sowie das Sparbuch über 91.200 Euro plus 60 Cent. Dann verließ sie das Zimmer und eine Nichte, die viel zu jung und viel zu hübsch war um zu verstehen, was in einer Frau ihres Alters vorging.

Sigurd Hallordsen hatte eine Musik-CD eingelegt. Jazz, natürlich. Was sonst. Und er hatte eine Weinflasche entkorkt. Trockener Weißwein, natürlich. Was sonst. Nach dem zweiten Glas hatte er Rosemarie geküsst, mit aller ihm zur Verfügung stehenden Leidenschaft. Nach dem dritten Glas hatte er die Brille abgesetzt, um sich die Schläfen zu reiben. Mit aller ihm zur Verfügung stehenden Verzweiflung.

„Ich brauche das Geld, um diesen Kurzfilm zu drehen. Wenn ich den nicht vorlegen kann, werde ich die Mittel für das große Filmprojekt niemals bekommen. Diese Leute vom Fernsehen und aus der Industrie wollen was sehen, bevor sie die Millionen bewilligen. Das sind Beamte. Die haben keine Visionen, keine Fantasie, weißt du …. Sie sind nicht so wie du,

Liebste …." Er griff behutsam in ihr Haar und drehte eine der grauen Strähnen zu einer Locke.

„Hier! Hier ist das Geld!" Sie legte das Bündel Banknoten und das Sparbuch vor ihn auf den Tisch. - Er schaut es nicht einmal an, dachte sie dabei, es ist ihm peinlich. Ich muss ihm helfen, diese Situation zu überstehen. Ich muss ihm seinen Mannesstolz zurückgeben. Ich muss ihn wieder aufrichten. „Du hast doch einen Namen in Schweden, Sigurd! Du musst an dich glauben!"

Es klang fast beschwörend. Der Mann im schwarzen Rollkragenpullover lächelte gerührt. „Natürlich, meine Rose. Immerhin habe ich schon mit Berühmtheiten zusammen gearbeitet, wenn auch nur in hinterster Reihe, voller Hingabe und ohne Gage. Ja, ich habe mich fast zerrissen, wenn ich als junger Mensch nur irgendwo dabei sein konnte um zu lernen, lernen, lernen." Herr Hallordsen aus Schweden steckte beiläufig Geld und Büchlein in die Tasche seiner Cordhose. "Ich war bei der legendären ersten Nosferatu Verfilmung dabei und habe Klaus Kinski bedient. Wenn er voll kostümiert war und mit den langen

aufgeklebten Vampirkrallen nichts anfassen konnte. Ach, wie habe ich sie alle bewundert! Alles wollte ich übers Filmen wissen, alles, einfach alles. Ich habe gelesen, studiert, in jeder freien Minute. Und heute? ....
Eine dramatische Pause schwebte über ihren Häuptern.

Die 10.000 Euro Bares waren natürlich weg. Verloren. Das war das Lehrgeld, das sie hatte zahlen müssen. Aber das Sparbuch, das ihre Altersvorsorge war, hatte sie rechtzeitig sperren können. Zum Glück. Und wem hatte sie das zu verdanken??? Ihrer Nichte. Wenn die ihr damals nicht dieses Taschenbuch, Restposten vom Wühltisch, als Geburtstagsgabe verehrt hätte, hätte sie nie gemerkt, dass der Herr Filmregisseur aus Schweden vom Filmen so viel Ahnung hatte wie die Kuh vom Frühling. Und dass er nicht drehen, sondern betrügen wollte.

Rosemarie Schulze-Böhm legte den Finger auf das Kapitel und las es sich zum x-ten Mal laut vor:

Nosferatu, erster Vampyr-Film von Friedrich Wilhelm Murnau, 1922 als Stummfilm entstanden.

Alles klar. Ganz klar.